The Giving Tree

Shel Silverstein

아낌없이 주는 나무

쉘 실버스타인

아낌없이 주는 나무

1판 1쇄 인쇄 : 2004년 01월 20일
1판 1쇄 발행 : 2004년 01월 30일
1판 2쇄 발행 : 2007년 08월 30일
5판 1쇄 발행 : 2026년 01월 30일

지은이 : 쉘 실버스타인(Shel Silverstein)
옮긴이 : 박재범
펴낸곳 : 도서출판 선영사
서울시 마포구 서교동 485-14 선영사
TEL : (02)338-8231, (02)338-8232
FAX : (02)338-8233
E-MALE sunyoungsa@hanmail.net

편집 주간 : 장상태
발행인 : 김영길
편집 디자인 : 김원석
본문 일러스트 : 조소영 · 이용인
표지 · 재킷 : 선영 디자인(SUNYOUNG DESIGN)
등록 : 1983년 6월 29일 (제02-1-51호)

ISBN 89-7558-419-0 03840

Shel Silverstein

The Giving Tree

지은이 쉘 실버스타인은
1932년 시카고 출생으로
만화가 · 작곡가 · 서정 시인 · 민요 가수 · 작가로서
6 · 25전쟁 당시 징병되어 한국과
일본에서 복무하였다.

Once there was a tree…

오래 전에 한 그루 나무가 있었어요…

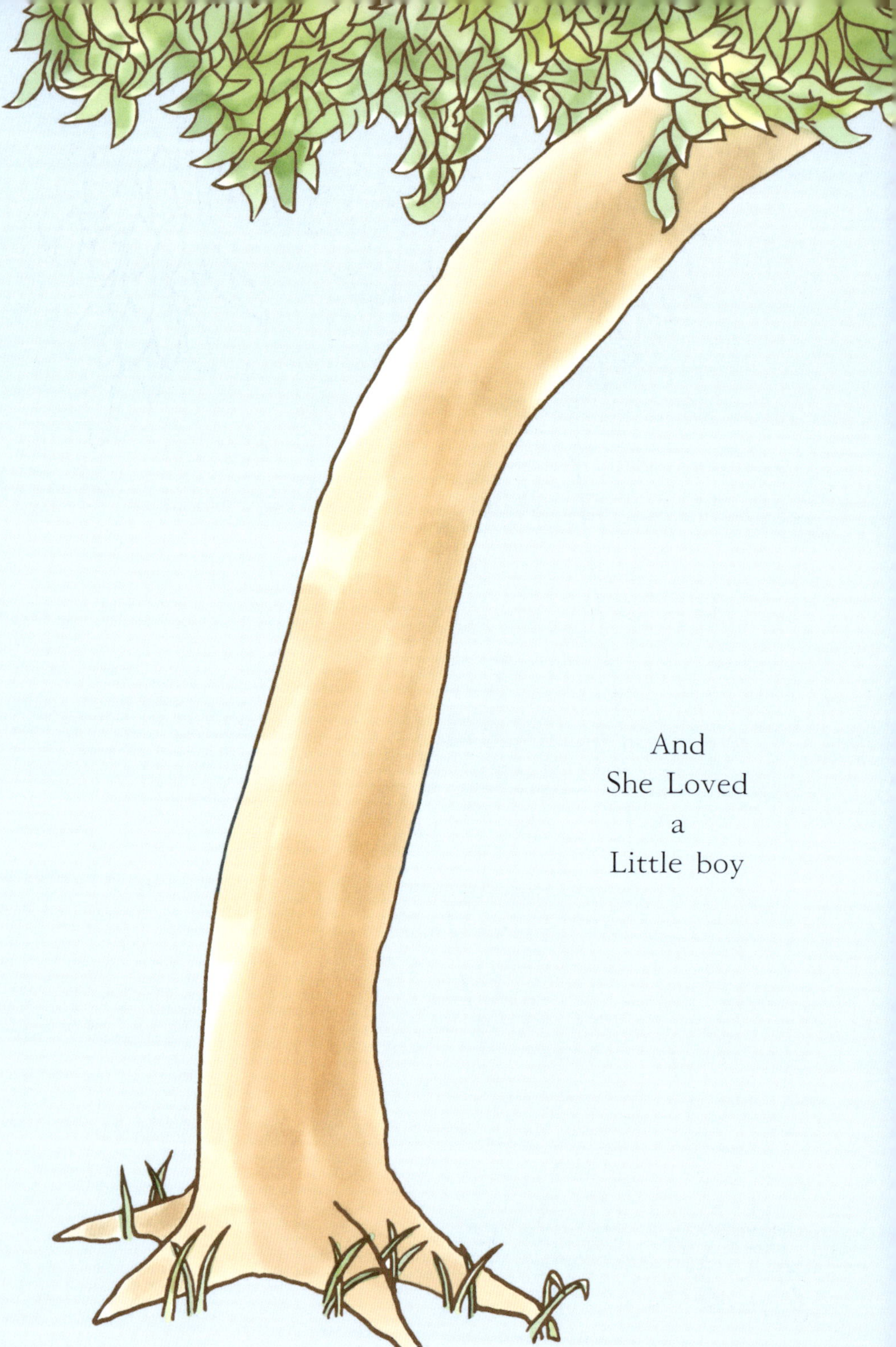

And
She Loved
a
Little boy

그리고
그 나무에겐 아끼는 한
귀여운 소년이 있었죠

And every day
the boy
would come.

그 소년은
매일이다시피
나무한테 왔었어요.

and he would
gather her leaves.

그리고는
소년은 날리는 나뭇잎을
열심히 주워 모았어요.

And make them into crowns
and play king of the forest.

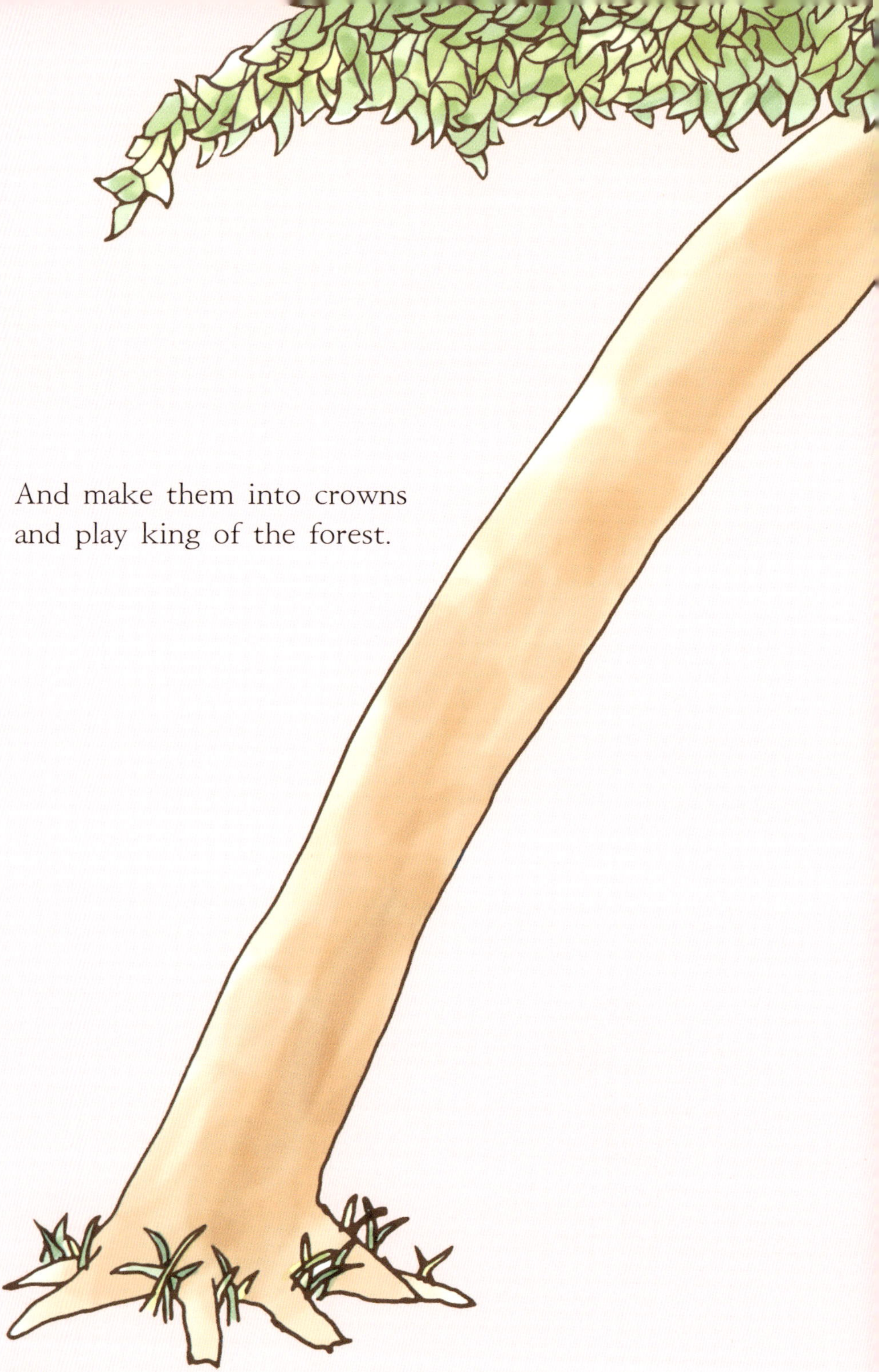

그런 다음 나뭇잎으로
왕관을 만들어 쓰고
숲 속의 왕 노릇을 즐겼습니다.

He would climb up her trunk

또 소년은 나뭇기둥을 타고 올라가서는

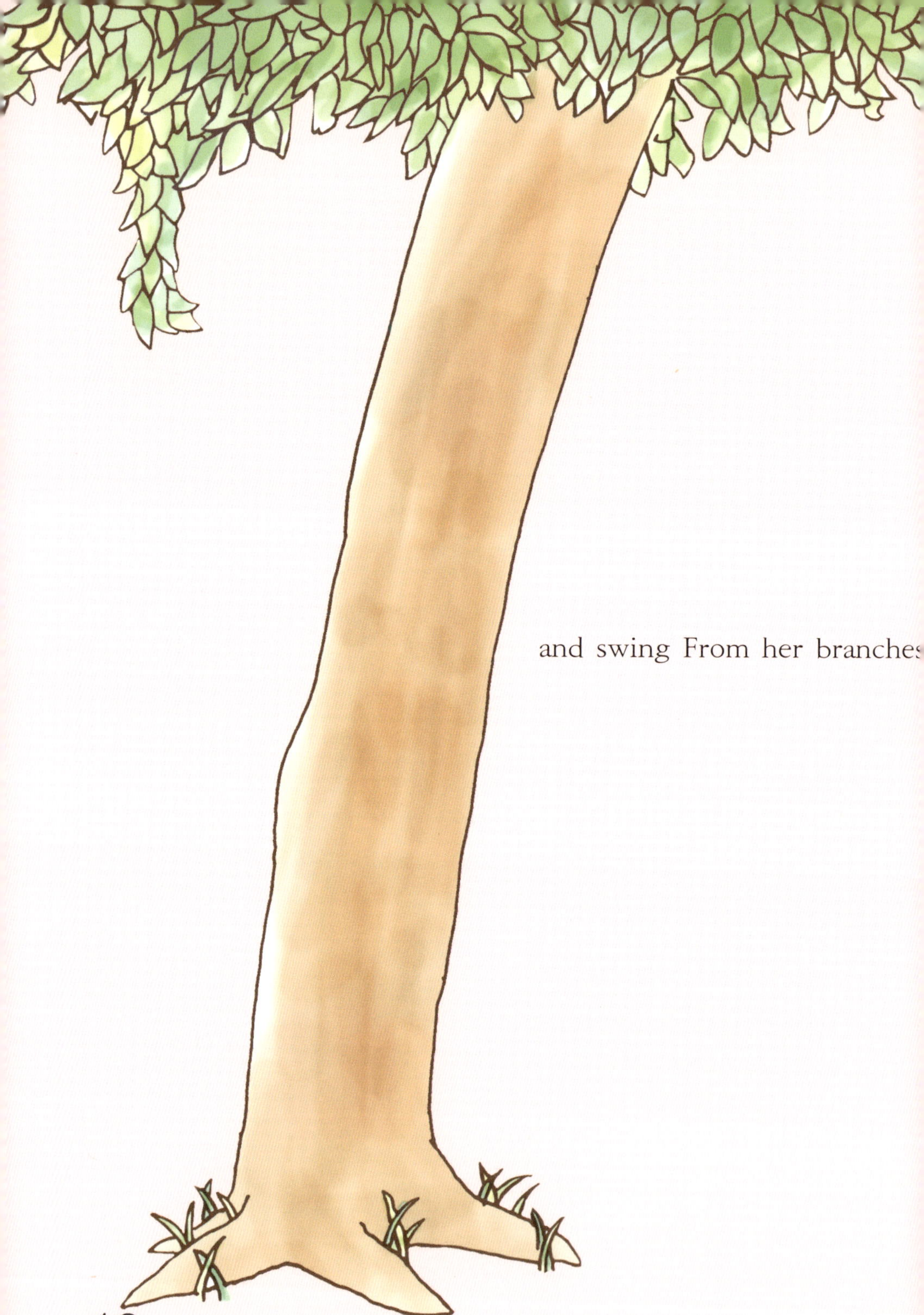

and swing From her branches

나뭇가지에 매달려 그네도 타고

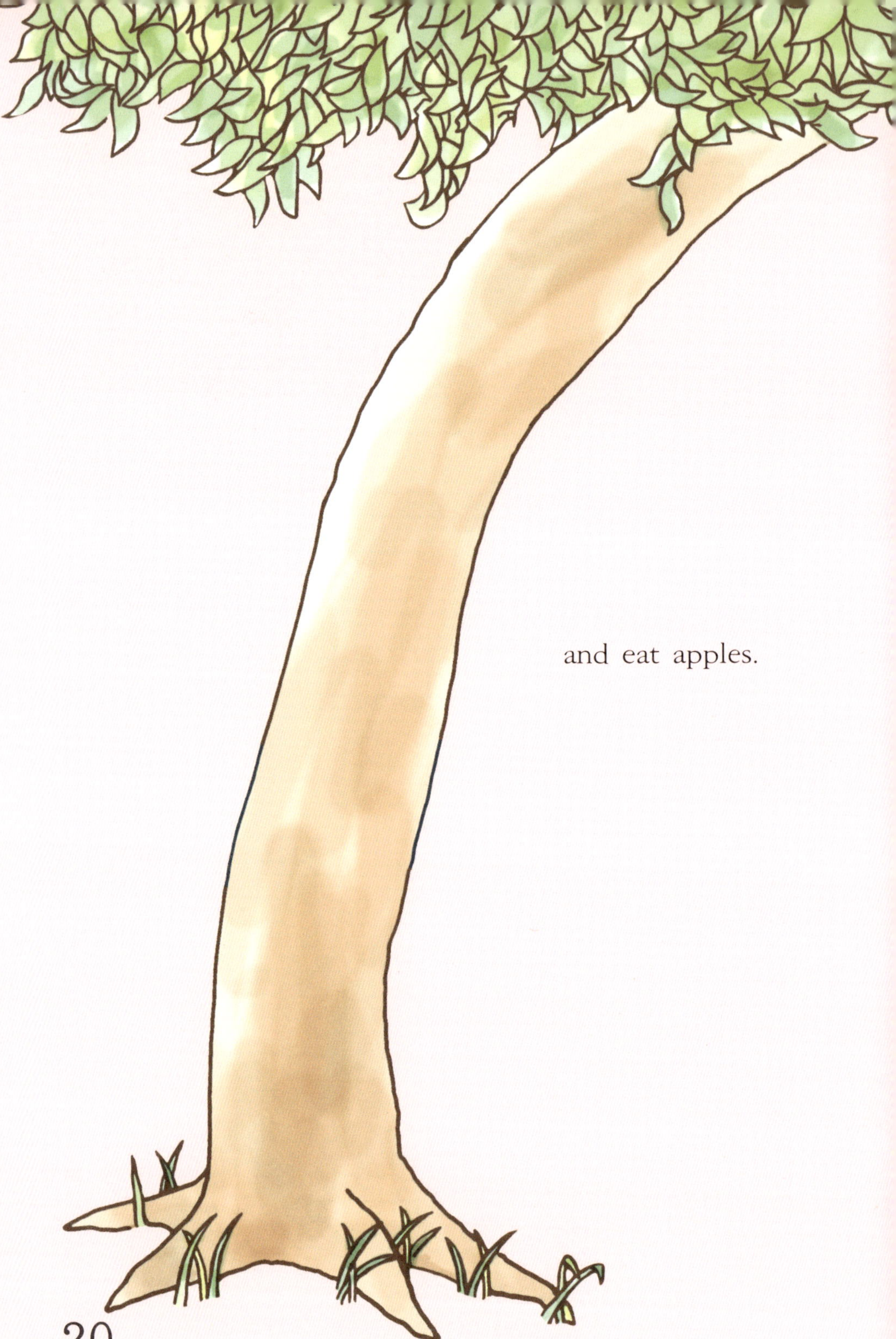

and eat apples.

사과도 따먹곤 했었어요.

And they would play hide and go seek.

그리고 그들은
숨바꼭질 놀이도
했습니다.

And when he was tired, he would sleep in her shade.

또한 놀다 지치면,
나무 그늘 아래에서 낮잠도 잤어요.

And the boy loved the tree…
very much.

소년은 나무를 사랑했습니다…
몹시도 말이에요.

And the tree was happy.

그래서 나무는 마냥 행복했어요.

M.E.
+
T.

But time went by.

그러는 사이 시간은
자꾸만 자꾸만 지나갔어요.

M.E. + Y.L.
M.E. + T.

And the boy grew older.

소년의 나이도 차츰 들어갔고요.

M.E.
M.E
+
T.

And the tree was often alone.

그리고 나무는
혼자 있는 시간이 부쩍 늘었어요.

그런데 어떤 날 소년이
나무를 찾아왔을 때 나무가 반기며 말했어요.
"이리 온, 올라와서 그네도 타고 사과도 따먹고
그늘에서 재미있게 놀자꾸나."
"난 나무에 올라가 놀기엔 너무 컸는걸.
돈 좀 필요한데, 여러 물건도 사고 멋있게 즐기고 싶어.
돈을 좀 줄 수 있겠니?"
나무가 응답했습니다.
"이를 어쩐담. 가진 돈이 없어서…."

Then one day the boy came to the tree
and the tree said, "Come, Boy, come and climb
up my trunk and swing from my branches
and eat apples and play in my shade
and be happy."
"I am too big to climb and play", said the boy.
"I want to buy things and have fun.
I want some money.
Can you give me some money?"
"I'm sorry," said the tree, "but I have no money.

I have only leaves and apples.
Take my apples, Boy, and sell them
in the city. Then you will have money
and you will be happy."

내가 가진 거라곤 푸른 잎새와 사과뿐인걸.
이봐, 사과를 따서 도회지에 나가 팔면 어떨까?
그렇게 되면 돈을 벌 수 있게 될거구
또 행복해지게 될 거야."
나무가 말했습니다.

M.E. + Y.L.
M.E. + T.

그러자 소년은 나무를 타고 올라가
사과를 따 모아서
떠나가 버렸습니다.

그런데도 나무는 그저 행복하기만 했어요.

And so the boy climbed up the
tree and gathered
her apples
and carried them away.

And the tree was happy.

But the boy stayed away
for a long time…
and the tree was sad.
And then one day
the boy came back
and the tree shook with joy
and she said, "Come, boy,
climb up my trunk
and swing from my branches
and be happy."
"I am too busy to climb trees",
said the boy.

떠나간 소년은 오랫동안 돌아올 줄 몰랐어요.
나무는 슬프기만 했습니다.
그런데 어느 날 소년이 돌아왔지 뭡니까.
나무는 너무 기쁜 나머지 어쩔 줄 모르며 말했
"웬일이지? 얘야. 어서 올라와.
그네도 타고 재미있게 지내지 그러니."
"난 아주 바빠. 나무에 오를 틈이 없어."
소년이 말했습니다.

"I want a house to keep me warm,"
he said
"I want a wife and I want children,
and so I need the house.
Can you give me the house?"
"I have no house," said the tree.
"The forest is my house,
but you may cut off my branches
and build the house.
Then you will be happy."

"난 따뜻이 감싸줄 집이 필요해.
아내와 어린애들이 있었으면 좋겠고.
그래서 한 채의 집이 필요하거든.
내게 집 한 채 마련해 줄 수 없겠니?"
"내겐 집 같은 건 없어." 나무가 말했어요.
"이 숲이 바로 나의 집이거든.
하지만 네가 내 가지들을 베어다
집을 지을 수는 있을 거야. 그렇다면
너 또한 행복해지게 될 테고 말이야."

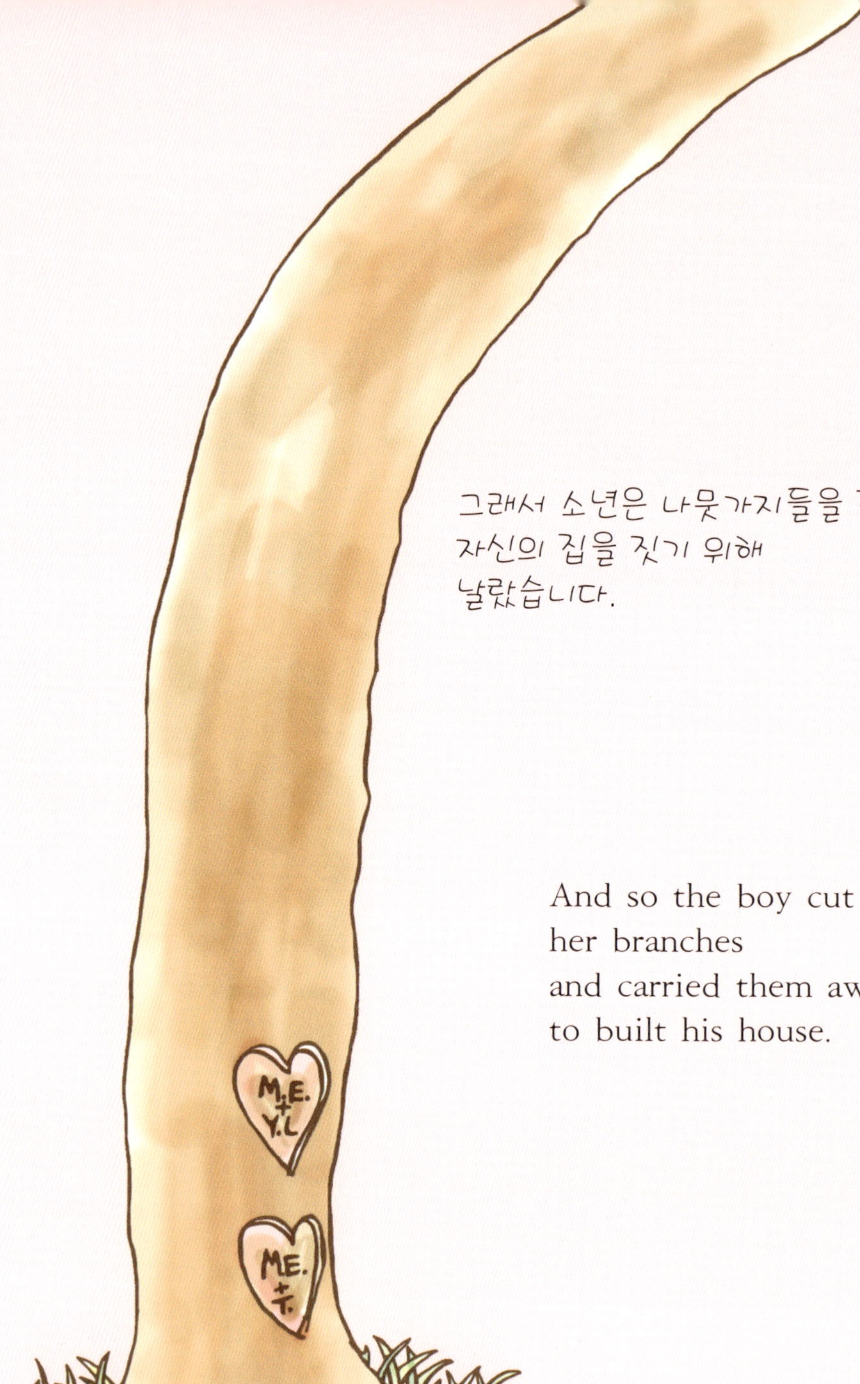

그래서 소년은 나뭇가지들을 잘라
자신의 집을 짓기 위해
날랐습니다.

And so the boy cut off
her branches
and carried them away
to built his house.

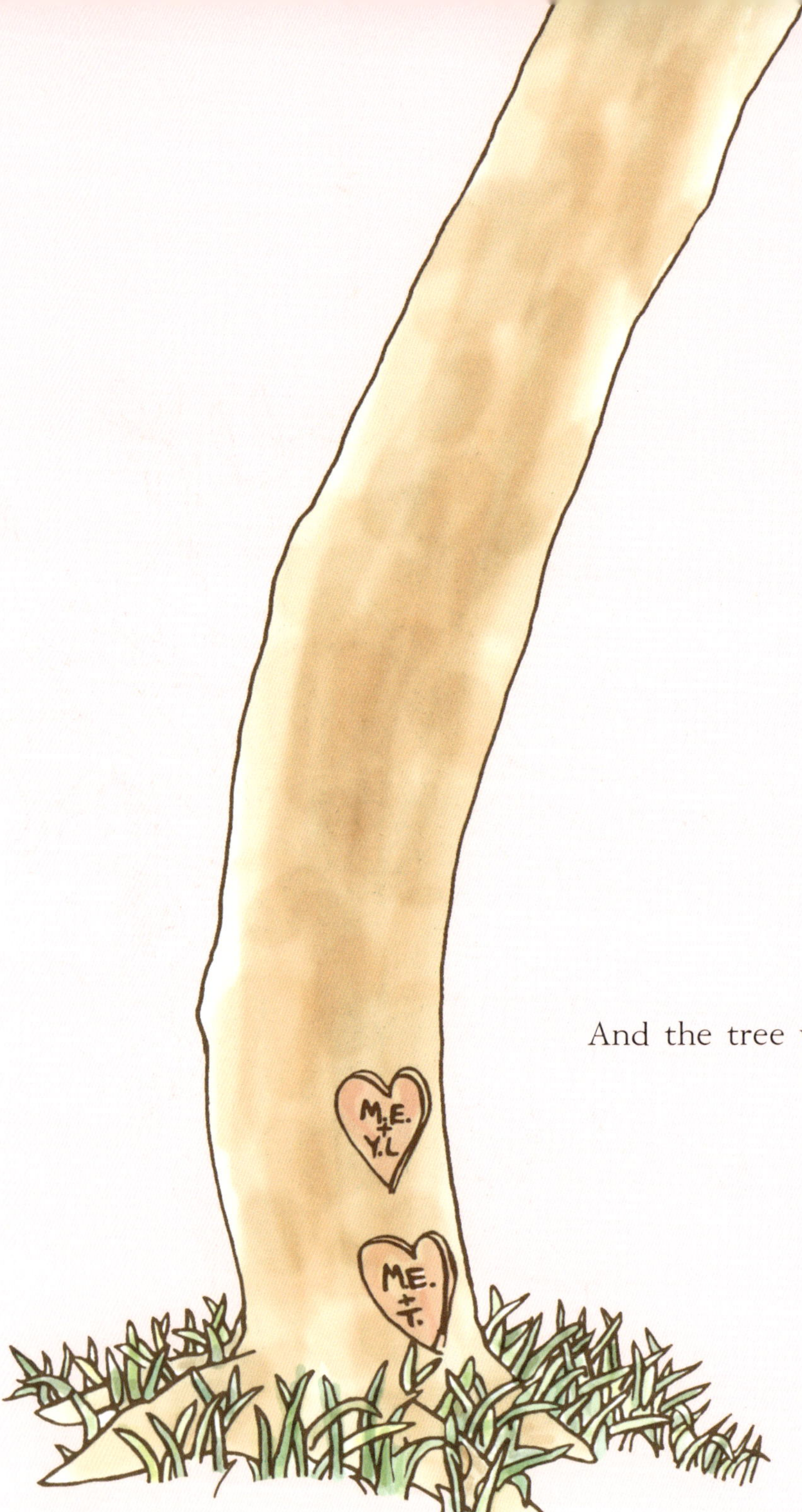

And the tree was happy.

그래도 나무는 그저 행복하기만 했어요.

그러다가 소년은 또 오랫동안 돌아올 줄 몰랐습니다.
그러나 소년이 돌아올 때면 나무는 말할 수 없이
기뻐서 소년에게 어줍잖게 속삭이는 것이었습니다.
"어서 온, 이리 와 놀자꾸나."
"난 이제 나이가 너무 들어서 노는 게 서글퍼지는군."
소년이 대답했어요.
"난 여기서 날 멀리 태워다 줄 배 한 척만 있었으면 해.
내게 배 한 척만 준비해 줄 수 있겠니?"

But the boy stayed away
for a long time.
And when he came back,
the tree was so happy
she could hardly speak.
"Come, Boy," she whispered,
"come and play."
"I am too old and sad to play,"
said the boy.
"I want a boat that will
take me far away
from here.
Can you give me a boat?"

"내 몸통을 베어 배를 만들지."
나무가 말했습니다.
"그럼 넌 먼데로 항해할 수
있을테고 또한 행복해지겠지."

"Cut down my trunk
and make a boat,"
said the tree.
"Then you can sail away…
and be happy."

And so the boy cut down her trunk

그래서 소년은 나무 몸통을 베어서

and made a boat and sailed away.

배를 만들어 먼 항해길에 나섰습니다.

And the tree was happy…

그러고 나서도 나무는
그저 행복했었지만…

but not really.

정말 그렇지는 않았어요.

그리고 오랜 시간이 흐른 뒤 소년은
다시금 돌아왔었어요.
"이보게, 이거 미안하게 됐군."
나무가 말했어요.
"자네에게 내가 줄 거라곤 아무것도
갖지 못했으니 말이야.
사과도 다 떨어져 버리고."

And after a long time
the boy came back again.
"I am sorry, Boy,"
said the tree, "but I have nothing
left to give you.
My apples are gone."

"My teeth are too weak for apples," said the boy.
"My branches are gone,"
said the tree. "You cannot swing on them—"
"I am too old to swing on branches," said the boy.
"My trunk is gone," said the tree.
"You cannot climb—"
"I am too tired to climb," said the boy.
"I am sorry," sighed the tree.
"I wish that I could
give you something…
but I have nothing left. I am just an old stump. I am just
an old stump. I am sorry…"

"난 치아가 낡아서 사과를 씹을 수가 없는걸."
소년이 심드렁하게 말했더랬어요.
"내 나뭇가지도 잘려 나갔으니 그네를 탈 수도 없게 됐고."
나무의 대꾸였어요.
"그넬 타기엔 난 너무 늙어 빠졌는걸."
"내겐 아름드리 나무기둥도 베어졌으니 네가
오를 수도 없는 노릇이겠고—"
"난 나무를 타기엔 너무 노쇠해 버렸어."
"아무튼 미안해. 뭔가 네게 주긴 줘야겠는데, 내게 남겨진 거라곤 아무것도 없지 뭐니. 난 한낱 나뭇등걸에 지나지 않아. 미안하기만 할 따름이야…"

"I don't need very much now,"
said the boy,
"just a quiet place to sit and rest.
I am very tired."
"Well," said the tree,
straightening herself up
as much as she could,
"well, an old stump is good
for sitting and resting.
Come, Boy, sit down.
sit down and rest."

"난 이제 그런 건 필요없어.
앉아 편히 쉴 조용한 곳이나 있어 줬으면 해.
한 마디로 피곤해 죽겠어." 소년이 말했어요.
"응, 그렇단 말이지."
나무가 안간힘을 다 해 구부정한 몸체를
똑바로 펴며 말했어요.
"이보게나, 앉아서 쉬기에는
늙은 나뭇등걸이 안성맞춤일세.
자, 이리 와서 앉게나
앉아서 쉬지그래."

And the boy did.

그래서 늙은 소년은 엉거주춤
나뭇등걸이 시키는 대로 했었어요.

And the tree was happy.

그러면서도 나무는 그저
행복하기만 했습니다.

쉘 실버스타인과 비평

시와 그림들의 모음으로 되어 있는 실버스타인의 작(作)《A Light in the Attic》은 1981년, 선물을 주고받는 크리스마스 시즌에 서점에 진열되었으며, 그것은 2-3주 안에 전국적인 베스트셀러가 되었다.

〈New York Times Book Review〉의 비평가 에드윈 맥도웰은 이 책에 대해, '어린이용으로 출간된 그 책이 어린이와 성인 모두의 흥미를 끄는 것으로 봐서 실버스타인이 조금 일찍 제공한 평범한 특이성이 한몫한 것'이라는 평가를 했다.

맥도웰은 지적하기를, "연소자들을 대상으로 하퍼(Haper)사에서 그 책을 발행했는데, 그것은 연소자뿐만 아니라 성인들에게도 장려되고 있다"고 하면서 "10달러 95센트의 가격이 붙은 그 책을 성인들도 많이 구입한다"는 서적 상인들의 말을 덧붙였다.

한 권의 책을 통해 모든 연령층을 휘어잡는 실버스타인의 재주는 1964년《아낌없이 주는 나무(The Giving Tree)》를 발행했을 때 처음으로 부각되었다. 모든 것을 주는 나무의 이야기—자신의 그늘 · 과일 · 가지 그리고 결국엔 자신의 몸체까지—는 한 인간으로서 누릴 수 있는 삶의 행복을 시사해 주었다.

《아낌없이 주는 나무》는 처음에 〈사이몬 슈스터(Simon & Schuster)〉사에서 발행이 거부되었는데, 그 이유는 편집인 윌리암 콜의 흥행성이 없다는 부정적인 생각 때문이었다. 콜은 《아낌없이 주는 나무》에 대해 〈New York Times Book Review〉에서 "그 책의 문제는 너무 욕심을 부려 양다리 걸치다가 모두 실패했다는 것이다. 즉, 그것은 어린이의 책이라 하기에는 너무 슬프고, 성인의 책이라 하기에는 단순하기 때문이다" 는 평가를 했다.

이 책은 〈하퍼 로(Haper & Row)〉사에 의해 계속 조심스럽게 발행되었다. 〈하퍼〉사의 한 발행인은 맥도웰에게 "교회와 선생님들은 그 책을 하나의 우화로서 사용하기 시작했지요. 그 책은 곧 놀라운 판매실적을 올렸으며, 이어 매년 2배씩의 판매 실적을 올렸습니다."라고 말했다.

〈퍼블리셔스 위클리(Publishers Weekly)〉의 평론가 진 머서(Jean F. Mercer)에 의해 "오랜 동안 가장 성공적인 아동용 책 중의 한 권이었다."라고 평가된 그 책은 양장으로 되어 있는 일 백만 부의 책보다도 더 많은 판매고를 올렸다.

《아낌없이 주는 나무》는 1974년에 발행된 그림과 시집의 모음집인 《Where the Side Walk Ends》와 함께 계속 성공을 거두었다. 그 책은 양장으로 된 책의 판매량인 백만 부에 접근하면서 25만 부의 실적을 올렸다.

윌리엄 콜은 〈Saturday Review〉의 기고에서 그 작품을 '어린이들의 고전'이라 불렀으며, "그 시들은 부드럽고 유익하며, 감상적이고 철학적이며, 장난기가 서려 있어 나 자신을 포함한 모든 연령층을 위한 것이다"라고 덧붙였다.

1981년, 실버스타인의 그림과 시로 구성된 두 번째 작품인 《A Light in the Attic》은 정기 간행물인 〈New Week Critic〉의 성인 비소설 부문 베스트 셀러 목록에 몇 주간 계속해서 올랐던 적도 있다.

레위스 니콜스는 〈New York Times Book Review〉에서 그의 작가로서의 성공에 대해 '어린이나 성인들은 제각기 어린이나 성인으로서가 아닌 불특정한 어떠한 존재로서 대우받기를 좋아한다'는 그의 작품에 대한 지론(**持論**)으로 설명될 수 있다고 하였다. 더구나 실버스타인은 머서에게 말하기를, "내가 어린이들을 위한 작품을 쓸 때 오로지 어른들만이 생각을 얻을 것이라 생각했다면 나는 분명 어떠한 요소를 제거하였을 것이다. 그러나 나는 연령을 불문하고 모든 사람들이 나의 작품 속에서, 발견될 수 있는 자신의 감성을 끄집어내어 경험하기를 바랄 뿐이다"라고 하였다.

실버스타인의 인기가 높아감에도 불구하고 몇몇 비평가들은 그의 작품이 피상적이며 상업적이라고 비평했다. 〈New York Times Book Review〉의 셔먼 스미드는, '실버스타인이 작품을 발표하는 것은 그 자신의 일종의 르네상스 맨(Renaissance Man)으로 불려지기를 바라는 것'이라고 논박하면서, "문제는 그 자신이 '르네상스 맨'이 아닐뿐더러 19세기의 유별난 사람도 아니라는 것이다. 그는 그저 시장 어디서나 느낄 수 있는 감정을 지닌, 매우 경솔한 20세기의 사람인 것이다"라고 하였다. 또한 〈Washington Post Book World〉의 비평가인 앨리스 디길리오(Alice Digilio)는 '실버스타인의 호소는 부분적인 것'이라고 하면서 "그의 작품 전체에서 느낄 수 있는 성인을 위한 풍자적인 것이 마치 어린이를 위하여 씌어진 것처럼 보여진 것이다"라고 하였다. 그는 또한 실버스타인의 작품이 '거만하다', '독창적인 것이 아니다'라고 불리는 것을 인정하고, '서적상인 즉 성인들에게 호소하는 것'이라 주장했다.

실버스타인의 책《잃어버린 한 조각(The Missing Piece)》은 〈New York Times Book Review〉의 애니 로이프에게서 "대부분의 우화들과 같이《The Missing Piece》의 내용은 비유에 대한 능력이 아직 미숙한 어린이들보다는 연약한 감정을 지닌 성인들에게 이해될 수 있는 내용들이다"라는 논평을 들었다.

《The Missing Piece》는 자기 자신을 완성시킬 잃어버린 조각을 찾으며 즐거이 굴러다니는 한 동그라미의 얘기이다. 그러나 그 원은, 자기의 조각을 찾아 완전하게 되면 그와 동시에 더 이상 굴러다닐 수 없다는 것, 너무 빠르게 굴러다녔다는 것, 그리고 이젠 '찾고자 하는 기쁨'을 상실케 되어 버렸음을 깨닫게 되는 것이다.

로이프는 이 책에 대해 "나는 이 우화집이 진실로 독자들에게 새로운 진실을 가져다 줄 수 있을지, 아니면 붉은 청어나 하찮은 한 마리 개가 구르는 원이 되어 우리의 보다 나은 분별력을 무디게 하는 술수를 쓰는 것인지 모르겠다"라는 혹평을 했다.

실버스타인은 그러한 비평에는 아랑곳하지 않았으며, 오히려 머서에게 "만일 당신이 창조적인 사람이라면 그것이 받는 보상에 대해서는 개의치 말고 당신의 일을 위해 최선을 다 해야 할 것이오"라고 말하면서, "나는 평론을 읽은 적이 없습니다……. 성공에 대하여 관심이 없는 것은 아니지만 내가 원하는 일을 할 수 있도록 나를 그냥 내버려두기를 원할 뿐이오"라고 하였다. 그리고 그는 언제나 그렇게 생활했다.

1975년 머서와의 회견에서 그는, "나는 하지 않는 일이 많습니다. TV도 보지 않지요. 왜냐 하면 TV를 보면서 대체 누구와 대화할 수 있겠습니까? 조니 카슨? 카메라? 내가 볼 수 없는 2천만의 시청자들? 그 어느 누구와도 대화를 나눌 수는 없습니다"라고 말하였다. 이런 생활 방식을 지닌 그는 지난 몇 년 동안 어떤 회견도 거절하였고, 도시 관광도 하지 않았으며, 사람들과의 접촉도 하지 않았다. 그러나 은둔 생활 속에서도 그의 창조적인 아이디어는 수그러들지 않았다.

그는 어린이를 위한 책을 꾸준히 저술하면서 한편으로는 《Play Boy》잡지의 만화가로서, 그리고 자유 보도가로서도 일하였다.

1979년 성인용 만화책인 《Different Dances》를 출판하였는데, 이 책에 대해 〈Detroit News〉에서 비평가로 일하고 있는 드래퍼 힐은, "거칠고 불안하고 격분케 하는, 인간들이 경험하는 도발적인 카바레의 여흥 같다. 이제 실버스타인은 마르셀 마르시우와 동일선상에 다가서고 있다"라고 말했다.

1980년, 작곡가로서 또 민요 가수로서 활동하던 그는 〈The Great Conch Train Robbery〉라는 새로운 앨범을 만들었는데, 《People》잡지의 설명에 의하면 그것은 "Pop—Country 음악의 곡을 재미있게 개작한 것이다"라고 되어 있다.

1981년에는 《The Missing Piece Meet the Big O》와 《A Light in the Attic》 그리고 두 권의 소년소녀를 위한 새로운 책을 발간했으며, Esemble Studio 극장에서 매년 개최되는 축제에서는 실버스타인의 첫 모노드라마인〈The Lady or the Tiger〉가 상연되었다.

비교적 성공적인 반응을 얻었던 이 연극에 대해 〈New York Times〉의 평론가인 멜 구소는, "탐욕과 부도덕한 사회를 냉소적으로 풍자한 것이다"라고 칭찬하면서, 그것을 '축제의 절정'이라고 불렀다.

실버스타인은 분명히 독자나 대중들과 계속적인 대화를 진행하였지만, 개인적으로는 단절된 상태였다. 그러나 그가 어떠한 갈등도 갖지 않았음을 그의 말을 통해 알 수 있다.

"나는 자아가 있고, 관념도 있으며, 또한 말하고도 싶다. ……사람들은 오직 자신들만을 위하여 창조하며, 일단 출간된 작품에는 그것이 어떻게 되든 더 이상 관심이 없다고들 말한다…… 나는 그와 같은 이야기를 듣는 것이 싫다. 이것이 바로 일에 임하는 나의 방식이다. 그래서 나는 계속해서 대화를 나눌 것이나, 그것은 오직 나의 방식대로 할 것이다."

— Lillian S. Sims.